祈り

金時鐘詩選集

編・丁海玉

港の人

目次

見えない町

夏

ここより遠く

祈り

祈り

金時鐘詩選集

自序

自分だけの　朝を
おまえは　欲してはならない。
照るところがあれば　くもるところがあるものだ。
崩れ去らぬ　地球の廻転をこそ
おまえは　信じていればいい。
陽は　おまえの　足下から昇っている。
それが　大きな　弧を描いて

その　うらはらの　おまえの足下から没してゆくのだ。
行きつけないところに　地平があるのではない。
おまえの立つている　その地点が地平だ。
まさに　地平だ。
遠く　影をのばして
傾いた夕日には　サヨナラをいわねばならない。
ま新らしい　夜が待つている。

わが性わが命

しゃりっこ

むかしはあかを喰った。
今は白を喰っている。
喰って
生きる。
しゃりっこじゃ
間に合わねえから
硬貨を喰う。
喰う。
喰うんだ。
威勢よくはいかねえんだ。

丹念に
奥の歯ぐきをゆききして
青ずっぱい唾が
飴になるまで
ころがし通すんだ。
がりっこ
しゅるっこ
がりっこ
しゅるっこ
こくっ
じゅるっこ
飴が延びる
下りる
じゅるっ
るーと
たまってくる。

おれのからだは
ゼニっこで
一ぱい。
今に
頭までも
つまるだろう。
それで
からだは
お金そのもの。
お金までが
暮らし
そのもの。
しゃりっこ
しゃりっこ
横へ振っても
しゃりっこ

地べたへかがんでも
しゃりっこ
前後左右が
しゃりっこ
しゃりっこ。
りんー
と
鈴には
いつなるの？
まだ。
まだ。
お前のお前が
お前を
生んで
父が死んで
固められて

お前の母が
おりかさなって
おれらが
一つの
山となったとき
誰かが掘って
いうだろうよ。

あ。
これはアルミの
山だ。

金のにするんだ。
金のにするんだ。
あたしは
銀のよ。

一日の稼ぎは
三枚。
保ちのいいのは
ゼニっこです。
わざわざ変えた
三百個。
親子四人で
がりっこ
しゅるっこ
がりっこ
しゅるっこ
かあちゃん。
あたしはやわらかいのでいいの。
ほしい。
ほしい。
ねえ。

だめ。
ペラペラは
よごれているから。
この世で
一番
ババチイモノ。
やだーい。
だから
ぼくは
金になるんだ!
かくて
息子
その価値を
追う。
行きつけそうで
追いつけそうで

ほうけた体が
錫になる。
これが
あたしの!?
靴をくれる
男には
娘。
今の今でも
行ってしまう。
年とって
稼ぎのゼニっこが
なくなって
頭だけが
はっちゃって
しゃりっこ

しゃりっこ
もぐもぐだけじゃ
通らない。
四十年越しの
便秘に
妻は今も
しゃがんだなりです。
ばあさん
まだかい？
いや
今に出ますよ。
出ますよ。
化石しかけた
おなかを
おさえて
妻は

じっと
こらえている。
胃ぶくろで
こってり
ねられたものが
大腸を通り
肛門口を抜け出る間。
黄金になります。
きっとなります。
妻は
信じて
待っている。
出るとも。
出るとも。
廃坑では
ない。

まだ誰にも
掘られた
穴では
まだ
ない。

二人
くろくろ
横に
なる。

うた　またひとつ

打ってやる。
打ってやる。
忙しいだけが
おまんまの　あてさ。

かかあに　ちびに
母に　妹だ。
口にたまる　釘の　汗を
吐いて　打って
打ちまくる。

日当の五千円
かせぐにゃ
十足打って
四十円。
ひまな奴なら
計算せい！

打って運んで
積みあげて
家じゅうかかって 生きていく。
日本じゅうの ヒール底
叩いて 打って
めしにするのだ。

打って 打って
打ちまくる。

あってない　俺らの
逃げる季節に
この　うさ打って
打ちまくる。

春に　秋物　打ちつけて
冬のあとは
夏枯れだ！
一家のかせぎが　どうあろうと
景気ひとつで
食いあがり。
だから　せいて
打ちまくる。

打って　打って
打ちまくる。

石油成金　ふとらせた
政治とやらに　打ちつける！

なんで　俺らは
こうなのか。
人に踏まれて　めしになる
そんなことで　暮らすのか。
足の甲から　押しあてて
打ってやる。
打ってやる。
底のうらまで
打ってやる！

骨が泣くと
母が泣き
おやじは　ひっそり

棚の上よ。

かえせる土は
どこにあるやら
くにがそんなに　遠いとは
ついぞ誰もが　知らなんだ。

打って　たぐって
打ちまくる。
無念な　おやじを
打ちまくる。

三十年　耐えて
ふた間の　長屋。
死んだ　おやじの
せしめたものさ。

打って　打って
打ちつけて
晴らさないでか
骨の　おもいだ。

打ってやる。
打ってやる。
日本というくにを
打ってやる。
おいてけぼりの
朝鮮もだ。
とどいてゆけと
打ってやる！

統一待って

母が死ぬだろう。
俺は　俺で
しょうことなしに
老けて　いくだろう。

打っても
打っても
打ちたりない
過ぎるだけの
年を打ってやる。
打って　打って
打ちつけて
食っているだけの
俺を　打ってやる。

これでも　くにより

いいそうな。
かせぎがあるから
くるそうな。

かぜをくらって
しんでまえ！
おすそわけに　とりすがる
そんなくにこそ
くたばれだ！

かんこく　かんこく
釘　三本。
おもいきり　長いやつ
つきたてて
いっきに　がんがん
打ってやる！

なにかと言えば
放りこむ
鉄の檻に
打ってやる！

打ってやる。
打ってやる。
悪魔も　悪魔
色めがね
そいつに金だす
旦那衆。

知っているから
打ってやる！
政治は知らぬが
知っている！

つらい暮らしに
わるい　とりひき。

打ってやる。
打ってやる。
山も見たい。
海も見たい。
おやじの　ふるさと
行っても　みたい。
この指つぶして
ねとぼけて
ぼけっと　青空
眺めていたい。

それができない。
とがめも　しない。

打ちに　打って
打ちつけて
路地の日暮れだ
かせぎは　まだだ。
俺らも　格子に
はまった　暮らしだ。

打っている。
打っている。
ぐちってる間もない
泣いても　いない。
打ってやるのだ
打ってやる。
打ってやる。
打ってやる。

除草

鎌
が　いるかって？
めっそうな！
勢いづいた夏草の茂みは
そんなことで
間にあいやしないのだ。
もっとも労力が省けて
それでいて
衛生的で
根絶やしにする
決定的な方法があるのだ。

まず
ガソリンを敷く。
それに
火を放ち
離れたところから
肩げた噴射器の
ホースを向けてればいい。
火は　いっそう
それで誘発する。

×

屋根ごしに
あふられている焔で
かけつけたのだが
彼のホースが

俺のまつげを焦がしてしまった。
火の合間から
片手を上げて〝ゴメンヨ〟を言った。
ねちゃねちゃ
ガムをかんでいる顔が
いかにも人の良さそうな
童顔だった。
俺は　うなずいて
〝イイヨ〟と言った。
太陽が傾いたとはいえ
蛍ケ池かいわいの
透明な
明るさの中でだった。

知識

正常な人の　臓器なら
肝臓が　千二百グラムで
そのつややかな色は　コンニャク程の
固さを　もつという。
腹水は　普通　二リットルを上廻り
脾臓は　九十グラム　内外が
正常に　近く
心臓は　自己の　こぶし大の由。

尿が　溜まれば
三百ＣＣは　ゆうに溜められ

肋が　すけて見える　人ですら
三十ＣＣの　胸水は
肋膜あたりに　貯えることができ
意識の限界を　知りたいのなら
百四十三グラムまでの　脳の重さは
大丈夫だとの　こと。

物に　うとい　無知の私が
見なければ　おさまらぬ
久保山さんの　内臓器管に
三分の一にも　充たない
萎縮しきつた　肝臓を　見たし
倍以上も　むくみあがつた　心臓が
白血球の統制に破れて　死んだという
左右両心室の　扉の黄色さも　見たし
同じく　黄色にむくんだ　肺部門の

クルップ性肺炎の　病巣までを　発見し
血管をはみでた　血のしるが
尿のつまつた　膀胱にまで
流れこんだのを　見届けは　したが、

これで　ほんとうに
私は　納得がいつたと　いえるだろうか
死んだ人を　こうも　切り刻んで
私が知りたかつたのは　なんであつたか？
知ることの　むずかしさが
骨の髄までを　暴きだし
二十六も　元素が　ございましたと
ビキニの灰に　詫びいっていいか
ガリレオの　目玉を抜こうとしたのは
昔の　話だが
一握りの　灰を　知るために

三十万に続く　一人の男を
こまぎれにして　なお　足りなかつたのだ。

飢えた日の記

夜明けまで
南京虫に　苦しめられて
朝になつて
米びつの底に　おびやかされて
昼寝して
ひもじさに　追いたてられて
本をひらいて
うつろな活字に　あざ笑われて
えんぴつをひろつて
思いきり　落書をして
とんま。阿呆。くそ。馬鹿。

くたばれ！　死んじまえ！
生きろ！　忍べ！　耐え！　がんばれ！

どつちもほんとうなのに
おどろかされて……。

自分の祖国がどうあろうと
時間がくれば　腹がへつて
腹がへろうがどうしよが
ムスコの野郎は　むやみに立つて
ななめに見入る古新聞の
なんと、おどろいちやいけない。
ストリップショーの　広告写真！

　飢えと欲情
　失業と衰弱

衰弱と欲情

飢えと失業
性情と飢えと　虚栄と自己と――
ぼんやり　心の中で落書をして
すべてのものに、自己は二つだと悟らされて
腹だちまぎれに
南京虫を　殺して
ありがたくもない太陽は
それでもくさい部屋を　むんむんくさらせて……

南京虫

金時鐘

濡れ雑巾で
城壁を積み
ようやく帝王になりかけたころ。
天井からポタッと滴ったものがあった。
南京虫。
こいつの創意性なら
充分
俺の血の十滴くらいは
やる必要がある。

わが性わが命

白亜紀の最後を
そんなりおし包んでいる
氷山はないか!?
断絶の間際に張りつめた
恐竜の脳波が採りたい。
忽然と一切の種族を断つた
この潔癖なるものの臨終にも
求心性ボッ起神経は働いたかどうかを
ぼくは知りたい。

視界をよぎつて

うねりにくねる
一頭の鯨。
今しも
脇腹の脂肪をつらぬいて
銛の弾頭が炸裂したところだ。
四肢も
表情も
二千万年の生存に代えた
この生の権化が
くるりとゴム質のまっ白い腹を見せて
みすみすぼくの眼底に漂着するまで——。

ピーン
と張ったロープに
永劫
小刻みにうつ血してゆくのは

義兄の金だ。
二十六の生涯を
祖国に賭けた
四肢が
脱糞までの硬直にいやが上にもふくれあがる。
〃えーい！目ざわりな！〃
軍政府特別許可の日本刀が
予科練あがりの特警隊長の頭上で弧を描いたとき
義兄は世界につながるぼくの恋人に変つていた。
削がれた陰茎の傷口から
そうだ。ぼくは見てはならない恋人の初潮を見てしまつたのだ。
ガス室を出たての
上気したアンネの股間にたれこめた霧。
ずり落ちたバジ*の上に点々としゆんで
済州島特有の
生あたたかい季節雨に溶けこんでいた。

吊つた男よ。
吊られた男の
性ボッ起の
何が
目ざわりだつたのか!?
通常
生きることの
生命とは
また別の
生き抜く生命に
おびえてた
お前の
お前は
そこにいなかつたか!?
悶絶の果てに

丈余の一物を
むきだし
極南の氷海に
あお向いている
おお
鯨よ！
嗚咽のない君の死を
ぼくはなんと呼ぶべきだろう
すべてが
静寂と
歓声と
哄笑の中で
人はただ
その終焉だけを見とどけてきたのだ。
今しも

腹部に躍り上がつた男が
ぼくの眼底で
まず切り落としたのは
それだ！
〝油にもならねえ！〟
大音響とともに
氷山が揺れ動く極地で
熱い血を通よわせた
生の使者が
今
蝟集する
数百億の
プランクトンの
景観のまつただ中に
帰る。

＊バジ＝木綿製の腰口と裾の広い朝鮮ズボン。

新潟

Ⅲ 緯度が見える 抄

4

地平にこもる
ひとつの
願いのために
多くの歌が鳴っている。
求めあう
金属の
化石のように
干潟を
満ちる

潮がある。
一つの石の
渇きのうえに
千もの波が
くずれているのだ。
鳥がはやてで
あるために
雲までいぶす
日暮れがあり
孵った
雛の
口ばしを
つついた愛が節くれもする。
ことばのまえの
ひとつのことばに
胸のつかえに

ふるえた喉に
ほこりざらしの
年輪を
見ているだけの
板塀がある。
多くの街の
多くの露地で
ひとつの巣箱が
かきたてる
閉ざした窓の
羽音を知るか?!
篠つく
指の
杭に断たれた
ただひと目盛りの
波長の

悶えを
おしこんだ
ひとつの
スイッチのことを。
触手にはじける
電波なら
森の深さを信じもしよう。
屋根という屋根に
おし立てた
干された声の
白い墓標を
アンテナなどといわないでくれ。
かくも多くの
磁気の叫びが
フィルターコイルに
あふれていても

区切りとられる
大気のあおりは
鼻毛があしらう気孔でだけ
狎れきった命を
飼ってやるのだ。
干涸びる汗が
塩をふく
白昼。
パラボラアンテナに
張りついているのは
それは
一匹の
唖蟬である。
耳をもたない眼に
影をくまどるのは
いらだつ神経であり

声が声とならない世界で
ふるえているのは
静止した憎悪の
こらした
瞳だ。
都心に
隊伍を組んでも
もはや
街は
叫びをもたず
隊伍は
眺めるだけの
風景のなかで
敵意にさらされた
標的となる。
日本の

道という道。
橋という
橋。
夜を徹した
下水管の
埋められた
めまい。
うっ血した土砂の敷きつまった
道のりを
施しにまみれる
願いごとでないために
青ずんだ痛みが
駆りたててくる
きしんだ背骨のしこりがあるのだ。
誰に許されて
帰らねばならない国なのか。

積みだすだけの
岸壁を
しつらえたとおり去るというのは
滞る貨物に
成りはてた
帰国が
ぼくに
あるというのか。
もろに
音もなく
積木細工の
城が
崩れる。
切り立つ緯度の崖を
ころげ落ち
平静に

敷きつもる
奈落の日日を
またしてもくねりだすのは
貧毛類のうごめきだ。
自己の負い目の部分でだけ
ながながと息がついていられる
淫靡な
自足の
うたた寝が
気化した太陽の
ふくらんだ紙風船にたちこめる。
光など
地上のどこかに照ってさえいりゃいい!
願いのうちにあるのが
禱りなら
仰げぬ太陽こそ

最たるぼくの憧れだ。
蛹を夢みた
みみずの入定《にゅうじょう》が
夜半。
蟬のぬけがらにこもりはじめる。
ひややかな凝視に
くるまれて
にじむ体液がかわききるまで
遠くにきらめく
眩しさに
身をよじる。
あまりにも
かかわりのない蘇生が
露地うらの巣箱にありすぎるのだ。
迂回した
緯度の

たやすさに
行きつくだけの桟橋を
ただ振られている決別のように。
新潟にそそぐ
陽がある。
風がある。
堆《うずたか》く
雪に閉ざされる季節の
と絶えがちな道がある。
いりまじる電波にさえ
はみだすだけの
ぼくの帰国を
せめて
埠頭に立てるだけの
脚にしてくれ。
瞼に打ちつけて

くずれる波に
とびかう地平の
鳥を見よう。
海溝を這い上がった
亀裂が
鄙びた
新潟の
市に
ぼくを止どめる。
忌わしい緯度は
金剛山の崖っぷちで切れているので
このことは
誰も知らない。
ぼくを抜け出た
すべてが去った。
茫洋とひろがる海を

一人の男が
歩いている。

見えない町

夢みたいなこと

ぼくがなんかいうと
じきにみなが　笑ってかかる
「夢みたいなことをいうな」と
ぼくまでもが
そうかなあと　思ってしまう

それでも　ぼくは
あきらめられないので
その　夢みたいなものを
ほんきで夢みようとする

そんなことで
もう友らは　ひやかしてもくれない
「またか！」というようなもんだ
それでも夢を　捨てかねて
ぼくは一人で　もちあぐんでいる

真昼

せめてもの　なぐさめに
埋立地へ　うずもれる　汚物
拾われるだけ　拾われた
文字どおりの　塵芥だ

捨てられた　猫の屍体のかたわらを
なおも　丹念に
女のひとが　漁っている――

土砂は　堆く
思念に絡まれた　暑さの中に

重たい　大きな　女の腹が
大儀そうに　チマ＊をずつて向きを変えた

＊チマ＝婦人たちが着る朝鮮袴。

年の瀬

なあに、
正月とて　日が倍ながいわけでも　ありますまい
昨日が　今日に
なるだけの　話でさあ……

ボソリと　語つた　同胞の
プレスに　喰われた　という
親指の　あとが
からけしの　火にかざされて
くろく　ぼくに迫つていた
越えきれぬ　年の瀬の

際限ない　夜のひととき
のぞきこんだ　時計が
やつと　十時を
まわつている。

たしかにそういう目がある

朝がた
閉めきった　部屋で
アースを　まいた。

道を断たれた　蚊が
もつれ　ざわめき
冷たい　ガラスの肌に　死にたえる様を
私は心ゆくまで　眺めていた。

面白いまでに　死んでゆくのだ。
断末魔の羽交いを　ながくくねらせて

ぶーんと　一廻り息たえてゆくのだ。

白んだ　窓に　噴霧器を向け
小人の国の　ガリバーのように
私は　私の部屋を
ふまえて　いたのだが、

蚊が　落ちてゆくほどに
世界を　区切り
じっと　見つめている　もひとつの目を
私自身　背中に　食い入らせたまま
小さな箱の中で　くぎづけにされていた。

種族検定

角をまがることで
彼と俺との関係は決定的なものとなつた。
ふた停留所も先に
バスを捨てたのも
カギ型にひんまがる
この角度の硬度が知りたかつたためだ。
異様なまでのねじつこい目が
はがね以上の強靭さで
元の直線にはねかえつたとき
俺はしずかに歩をとめ
まず右手からおもむろに四肢獣になつていつた。

きやつが犬であるためには
それ以上の牙を俺は持たねばならぬ。
少なくとも犬にしてやられる人間でないことの証左に
俺は何かをしでかさねばならぬ。
よし、こいつを俺のカスバへ誘いこもう！
それに俺はこのところずっと空腹だし
第一日本へ来てまで追いつめられる青春にはもうこりごりだ。
空腹。もっぱら量でこなしてきたはずなのに空腹とはどうしたことか?!
あの猫背のドクターめ
変なうす笑いを浮かべやがって〝日本人なみですなあ〟
だなんて！
ちくしよう。
潜在性B1欠乏症による多発性神経炎とはつまりなにか、
瑞穂の国の白米を食いすぎたってわけだな?!
かも知れん。
俺の発育期の朝鮮に米がなかったことだけは事実だ。

だが　それがどうしたというのだ?!
どだい肉食の習慣が俺たちになかつたことがより問題ではないか!
俺は一つの角をまがつた。
そして後向きに佇ずんで
奴との距離をちぢめた。
俺は昨日まで
そこの角は俺の痕跡をくらますことのためにのみ存在した。
だから俺の進歩と逃亡とはいつもシャムの双生児だ。
どつちかを切り離すことが
どつちかも死ぬことになる。
そうだ。
奴がおそいかかる至近点から
同時に俺もあそこへ飛びこみやいい!
俺の半生がそうであつたように
俺の余生もきつとこうだろう。
俺の延命はいつでも変転の間際で図られてきたのだ。

なにも今日に始まつたことではない。
俺はゆつくりと
奴との視点を合わせたままませまい通りをよぎりはじめた。
奴の歩行が止つた。
反りぎみに上体がかがんだ。
疾風にあふられたように
俺はもんどり打つて叫んだ

〃犬だァ!〃

脂くさい土間が総立ちになつた。
奴は俺におおいかぶさるようにして
親愛なる同胞にしめあげられた。
正真、親愛なる同胞に!
脂とにんにくと人いきれの中で
俺は当然の報酬を待つて云つた。
〃夏はやはりケジヤン(犬汁)ですなあ……!〃
鉢を取りかえていたアジユモニ(女将)がけげんそうにまじまじと俺を見た。

そして振り向きざま
〃おつさん、こいつも犬やでェ！〃
一切の聴覚が断ちきられ
一本の杭につながられて
奴の執拗な執念にうずくまつた。
条件はちつとも変つてはいない。
四肢のほとんどを折られたまま
奴がにじり寄つていうのだ。
〃外国人登録を見せろ〃
〃登録を出せ〃
〃登録を出せ〃
俺はすなおに答えて云つた。
生れは北鮮で
育ちは南鮮だ。
韓国はきらいで
朝鮮が好きだ。

日本へ来たのはほんの偶然の出来事なんだ。
つまり韓国からのヤミ船は日本向けしかなかつたからだ。
といつて北鮮へも今いきたかあないんだ。
韓国でたつた一人の母がミイラのまま待つているからだ。
それにもまして　それにもまして
俺はまだ
純度の共和国公民にはなりきつてないんだ——
おつさんの手ごろな薪が
奴の詰問を終わらせた。
一撃、
二撃、
三撃
めが俺の脳天に喰いこんだ。
囲いのような裏庭で
青白い日輪が三つも四つも舞い狂つた。
遠い耳鳴りのように甦えつてくる蟬のうなり。

たしかに俺が這いつくばつたのは
邑内のほこりつぽい大通りだ。
銃床がけずりとつた溝つぷちの断面に
親指大のみみずがでらでら汗をにじませてのたうつていた。
〃こいつはパルゲンイ（赤狗）でもザコだで！〃
鼻先で流調な朝鮮語をあやつつていたGI靴が
俺の頤をけ落とした。
かげりを得たみみずが
俺の喉元でながながと躍動をゆるめていつた。
〃この犬はまずそうだな〃
ザコだな、まずそうだな、ザコだな、まずそうだな、ザコだ……ナ…
潮が引くように視力が遠ざかつた、声が小さく、細く、
けしつぶになつて消えた……。

青白い日輪の乱反射に舞う種族不明の登録証！

あなたは　もう　わたしを差配できない

わたしは　あなたの　執拗な愛撫から
解きはなされたいと　希っている。
十年が　ひと昔なら
わたしは　たしか　現在に生きているはずだし
少なからず　大人にも　なつたはずだ、
だのに　あなたの　そのとてつもない　抱擁力は
海も　山も　ひとかかえにし
このわたしを　さかさに抱いて　放さない。

目に映るもの　すべてが異状で
小さな石の　ひとつぶにすら

わたしの脳天は　すぐ　とんがつてしまう。
なにものも　信じては　いられないままに
わたしは　とうとう　不均衡な成長をとげたのだ。

この手は　まだ　人のぬくもりを　知らず
顔は　依然として　こわばつたままだし
目は　敵意のために　あるようなものだ、
このままでは　わたしは　また　誰かを殺さねばならぬだろう
わたしは　あまりにも　あなたの愛で　毒されすぎている。

わたしは　しんそこ　あなたから離れたい。
この地を　ゆつくりと、両足で　ふみしめて
山向こうの　水を呑みに　行つてみたいのだ。
そして、おがまされてばかりいた　空の深さを
こんこん湧き出る泉の底で　私自身がはかつてみたいのだ。
松の風は　腰を下ろして　聞けるだろうし

同じく　峠路を　越えて来た人たちには
わたしの不信も　問いただせるだろう。
それから　みなして考えよう
いらなくなつた　愛撫の　後かたづけを考えよう。

愛撫の　報いには　愛撫でなくてはならぬ。
わたしは　わたしの持ちものの　すべてから
あなたの贈物を　お返ししよう、
そして　ただ　あなたは歴史の上にだけ　止どまつてもらおう。
あなたは　もう　わたしを差配することはできない。
わたしたちの　心のゆききに　鑑札をもうけることはできない。
わたしたちの　語らいは　もうあなたを必要とはしないだろうから
あなたは　ただ　わたしの詩稿でだけ　息づくがいいのだ。

父と子を　割き
母と　わたしを　割き

わたしと　わたしを　割いた
『三八度線』よ、
あなたを　ただの　紙の上の線に返してあげよう。

見えない町

なくても　ある町。
そのままのままで
なくなっている町。
電車はなるたけ　遠くを走り
火葬場だけは　すぐそこに
しつらえてある町。
みんなが知っていて
地図になく
地図にないから
日本でなく
日本でないから

消えてても よく
どうでもいいから
気ままなものよ。

そこでは　みなが　声高にはなし
地方なまりが　大手を振ってて
食器までもが　口をもっている。
胃ぶくろったら　たいへんなもので
鼻づらから　しっぽまで
はては　ひずめの　角質までも
ホルモンとやらで　たいらげてしまい
日本の栄養を　とりしきっていると
昂然とうそぶいて　ゆずらない。

そのせいか
女のつよいったら　格別だ。

石うすほどの　骨ばんには
子供の四、五人　ぶらさがっていて
なんとはなしに食っている
男の一人は　別なのだ。
女をつくって出ようが　出まいが
駄駄っ児の麻疹《はしか》と　ほおっておき
戻ってくるのは　男であると
世間相場もきまっている。
男が男であることは
子供にだけはいばっていること。
男の男も　思っていて
おけんたいに
父である。

にぎにぎしくて
あけっぴろげで

やたらと　ふるまって　ばかりいて
しめっぽいことが　大のにがてで
したり顔の大時代が
しきたりどおりに　生きていて
かえりみられないものほど
重宝がられて
週に十日は　祭事つづきで
人にも　バスにも　迂廻されて
警官ですら　いりこめなくて
つぐんだが最後
あかない　口で
おいそれと
やってくるには
ほねな
町。

○

どうだ、来てみないか？
もちろん　標識ってなものはありゃしない。
たぐってくるのが　条件だ。
名前など
いつだったか。
寄ってたかって　消しちまった。
それで〈猪飼野〉は　心のうちさ。
逐われて宿った　意趣でなく
消されて居直った　呼び名でないんだ。
とりかえようが　塗りつぶそうが
猪飼野は
イカイノさ。
鼻がきかにゃあ　来りゃせんよ。

大阪のどこかって?
じゃあ、イクノといえば得心するかい?
あらがった君の　何かだろうから
うとまれた臭気にでも　聞いてみるんだな。
今もまだ　むれた机は　そのままだろうよ。
あけずじまいの　べんとうもね。
あせた包み　そのままに
押しこんだなりで　ひそんでいるさ。
知っているだろう?
あの抜けおちた　銭はげのような居場所。
いたはずのうなじが　見えてないだけなんだ。
どこへ行ったかって?
とどのつまり
歯をむいたのさ。
それで　行方不明。
みながみな　同じくらい荒れだしたので

だれも彼を　知ろうとはしない。
それからだよ。
がに股の女が　道をはばんでねえ
ニホンゴでないにほんごで
がなりたてるんだ。
いかな日本も
これじゃあ　いつけるはずがないやな。
オールニホンの逃げだしだ！

イカイノに追われて
おれが逃げる。
俘虜の憂き目の
ニッポンが逃げる。
役所をたのんで
枷をとかさせ
買いたたかれた

イカイノを逃げる。
家が売れて
モモダニだ。
嫁がとれて
ナカガワだ。
イカイノにいてて
気がねのない
ニホンが総出の
追いだしだ。
キムチの匂いを
町ごと封じ
浴衣すがたのイカイノが
仁丹かんで
よそゆきだ。

○

それでお決まり。
イカイノがイカイノでないことの
イカイノのはじまり。
まみえぬ日日の暗がりを
遠のく愛がすかしみる
うすれた心の悔いのはじまり。
どこにまぎれて
そっぽを向こうと
行方くらました
己れであろうと
饐えて　よどんで
洩れてくる
しょっぱいうずきは
かくせない。
土着の古さで

のしかかり
流浪の日日を根づかせてきた
あせない家郷を消せはしない。
猪飼野は
吐息を吐かせるメタンガスさ。
もつれてからむ
岩盤の根さ。
したり顔の在日に
ひとり狎れない野人の野さ。
何かがそこらじゅうあふれていて
あふれてなけりゃ枯れてしまう
振舞いずきな　朝鮮の町さ。
始まろうものなら
三日三晩。
鉦と太鼓に叩かれる町。
今でも巫人《ムダン》が狂う

原色の町。
あけっぴろげで
大まかなだけ
悲しみはいつも散ってしまっている町。
夜目にもくっきりにじんでいて
出会えない人には見えもしない
はるかな日本の
朝鮮の町。

寒ぼら

〃なかおり〃おっさんの
いわくを聞いた人は
まだいない。
しかし泣きじょうごの
〃なかおり〃おっさんだけは
有名だ。

いつもなら
顔の半分　ひさしでかくして
口をへの字に謹直なんだが
あみだかぶりになっていくほど

酔いのほども上がっていて
だれかれなしに　すがりついては
やたらと
長嘆息の泣きをいれる。

ヨボお*

きいてくれやせえ
わしの刺網《さしあみ》は
まだだれも上げてないんだで……
きまって同じくりごとなので
みんながまねあう
お笑い草だが
いったいどんなことが
なかおりおっさんの帽子の中に
つまってあるのか。

今夜は今夜で
中央市場までが　とびだして
なんでも　韓国からの魚はいっさい
ご自分のものだと　言いはってやまない。
へその色が紫いろにかわるほど
こごえて
濡れて
朔風に
ずきん　ずきん
こめかみはらして
半日がかりの
網を張る。
ところがその夜
うむをいわさず　やってきたのが
家をも凍らせた
徴用だそうな。

船底だったので
どこの海をよぎったかも知らず
戦後このかた
炭塵ならぬバフの粉で
眼のふちのくまどりだけはつづいている。
なによりも
還暦といわれることを不吉がり
鎮海《チネ》の海に帰るまではと
ひとりものの泣きをからめるのだ。

このなかおりおっさんのなにに
かかったのか。
夜半。
イカイノの寒ぼらが
一匹。

時代もののオーバーの肩に
潮風の記憶に吹かれて
ぶらさがっている。

＊ヨボお＝「もしもし」の意。

日日の深みで（3）

それは箱である。
こまぎれた日日の
納戸であり
押しこめられた暮らしが
もつれさざめく
それは張りぼての
箱である。

箱のなかで
箱をひろげ
日がな一日箱を束ねては

箱に埋もれる。
箱は催促される
空洞であり
追いまくられて吐息のいぶる
うつろなよすぎの
升目である。

立方状に仕切られてあるものに
生活があり
忍耐はいつも
長屋ごと升目にかかるので
夜を日についだ稼ぎですら
ねぐらが埋まる程度の
量《かさ》でしかない。

やっとこほども

ひしゃがった指と
まだらにはげたマニキュアの爪とが
シューズだの
サンダルだの
トップモードを産み分ける
化学《ケミカル》なのである。
裁って
縫って
焼いて
切って、
家じゅうの手と手が
息を切らして
シンナーならぬ溶剤に
壁板までもどんより酔ってて
底すり
釘打ち

張り合わせ、
日ごと青ずむ歯ぐきであっても
おかげでほほは
ほてりっぱなしだ。
それでもこなさにゃ
干上がる月が間口を覆うので
詰める。
仕上げる。
屋根をささえて
箱がかさなる。

箱は
しゅうねく待ち伏せる
あてどない期待の待機である。
そこには耐えているものの
しかめっ面な情緒がとどこおっており

あてがわねばならない飢えは
いつも板間で口をあいていて
充たしようのない日日を
閉ざす蓋は
きまって上がりがまちに
もたげてある。
いくら手なれた
なりわいであっても
果てしなく持ち去る年月のなかでは
所業だけが
実入りを待つ心とはなるのである。
だから　ひしめく手が
たまさかの引き合いに
もつれあってて切れているのであり
一つ軒を間仕切っている
へだてない　へだたりの

ゆきかうつながりが　あるのである。

願いは
ぎすぎすしい尖端の
領有と思ってもいい。
それは一つどころで角つきあっている
せめぎあいであるからだ。
圧制に狎れる道行きの彼方で
ようやく見えてくるのが
墳墓をかたどる
祖国であり、
えいえい不安を掛けとおしている
たのもし講の満額が
海を渡る羽振りのための
家郷といった具合いである。
そのどちらも

忍従をしいるならわしなので
耐えることから
耐えないかぎり
切れていることから
切れることは　まずないのである。
一つごとの表裏というよりは
尖端が周囲ということなのだ。
ゆめゆめ　思い違いだなどというべきでない。

ともあれ　ぐるりを見まわしてみたまえ。
どれほどの空間が
自分にあるかをとくと見たまえ。
よしんば九階からの見晴らしであっても
それはそこで区切られている
奈落の尖端にすぎないものなのだ。
せしめた眺望でなく

ひきあげられた願望であることが　わかるだろう。
俺も今しがた
その尖端から戻ってきたばかりのところだ。
なんともにぎにぎしい婚礼だったが
もはや儀式は
通り相場の手だてを祝う寄合いともなっている。
しゃにむに
お医者様になってもらわねばならない
息子が　ひとり
成人して
節くれた年月は
的確に
安らいでいられる
歳月ともなってくれねばならない。
なによりも不安から切れることが
日本を生きる要件なので

在日の　ゆるぎない選良が
三つ文字で呼ばれることは
とうの昔に切れている。
切れているから
ひしゃがる指の
賭けがあるのであり
それに重なる在日があるから
切れていられる
つながりがあるのである。

切れる。
はなから切れる。
切れるまえから　切れているので
切ることからも
切れている。
耐えねばならないなりわいに

つながるなにかが
わからないほど
つながることから
切れている。
太陽がひとり
バス道の向こうでずり落ちていても
投げる視界がないから
思いみる国の　色どりもない。
夜更けて　星を宿す
運河でもないので
もちろん　せかれて帰る
海でもない。
こもって切れる。
ともかく切れる。
主義から　切れ
思惑から　切れ

自足しているつもりの
くいぶちからも切れてみる。
底をはたいた　その場所で
まんじりともせず
いろじろんでいるものに
出会ってみる。
わなないている
細い根のからまりである。
岩盤にしがみついている
異国を生きる　しがらみである。
浅い根に
土間がうってある。
それは　基礎もない
棒で立っている
箱である。
張りぼての、

アルミサッシの、
タイルがまぶしい
成金である。

箱を生きて
箱に埋もれる。
あくまでもそれは
箱である。
夜ともなれば
母は行李を
たたんではなおし
なおしては　ひきだす。
催促もない
旅発ちの催促に
俺はひとり
ストレートを割って

呑んでいる。
さっきから
電話は
箱の向こうで
鳴りっぱなしだ。
聞いても　せんない
箱の中で
箱は　他人を容れない
かたくなな
かんぬきである。
漫然と
外へ開くことのない
内開きのドアの改造を
考える。

夏

影にかげる

かげる夏を知るまい。
光りにくまどられた
そこひの夏を。
きららに映えて
かげろうてもいた
陽ざしのなかの
かげりの放射を。
黄ばんだ夏の
記憶の
白さを。

目を閉じてみたまえ。
浮かび上がるなにがあるか。
空か。
海か。
そそり立つ街の
音のない輝きか。
それとも　見晴るかす
はるかな村の
おぼろな森か
染まる鳥居か。
雲はどこで盛り上がっていて
蟬はどこの
人造湖の
表皮をよじって
しぐれているか。

いつの時も
それでしかない。
それが君の
目で見る歳月だ。
重畳と夏を重ねて
記憶はいつも
残像だけを自然に仕立てる。
逆光の先でぎらつくものまで
君に馴れない
自然はない。
ところがそこは
もう太古の領分なのだ。
けばだつきらめきのなかでなら
ただただ君は
漂白される
翳である。

そこでうすれて
消えるのである。
そのうち時刻表でも
繰っているだろう。
どっちつかずの時間てなあ
手がるな旅にもあるもんだ。
まずは晴れた朝の
8時15分。
股もあらわな
ナップザック。
すっかり透けてしまった
夏である。
その夏がかげるのだ。
おれの半身でかげるのだ。
なんと　かい間見た朝が
正午だったので

夜と昼とが
とうとう昼のひなかに
固定してしまったのだ。
はじける時を抜けきれぬまま
どこをどう向いていようと
おれの生はおれの影でだけ
息づくことになっている。
だからおれは
南中の男さ。
おれがいながらにして
白昼であり
おれが白昼の証の
陰なのである。
おれは陰のなかで
時を知り
夜に溶け入って

時を喪う。
いわば三二年は
喪った時の影なのだ。
炎熱にひずんで消えた歓呼も
しばしの解放に浮かれた白昼夢も
南中の陰に沁みた影だったのだ。
だから昼の翳りを見てとることができる。
今をさかりの炎天にあって
遠景のむこうからやってくるのが
おれのかげった夏であるのを知ることができる。
正真おれは
午前中いっぱい闇にいた男だ。
なんの前ぶれもなく
回天は太陽のあわいから降ってきたのだった。
突如あおられた熱風に
いきおいまなこがくらんだ夜の男だ。

おれの網膜にはそれ以来鳥が巣食っている。
日日緑の羽をひろげて
そこびかる夏をかげらすのである。

影が墜ちる。
そこひの夏をかきたてて
かげる夏を光って墜ちる。
緯度を裂いた土けむりが
髪にからんだ
草の葉が
雲母もきららに
中空を墜ちる。
影まで燃やした
閃光が詐術だ。
被害者ばかりの殉難があって
おれをくらませた

国はない。
あるのは影のなかの
おれのかげりだ。
平静に照り映える日本の夏を
透けてうすれた記憶のうらを
もまれた果ての海の浅瀬で
子供はまたもおぼれたそうな。
その子の親に
夏はすべて。
記憶だけが季節となって
供養だけの夏がめぐる。
あくまでも不運だった不幸のお弔い。
お盆の夏の
彼岸花。
君にも海は
やはり青いか。

遠くで山は
はるかな街は
照っているか。
澄んでいたか。

褪せる時のなか

そこにはいつも私がいないのである。
おっても差しつかえないほどに
ぐるりは私をくるんで平静である。
ことはきまって私のいない間の出来事としておこり
私は私であるべき時をやたらとやりすごしてばかりいるのである。
だれかがたぶらかすってことでもない。
ふっと眼をそらしたとたん
針はことりともなくずってしまうのだ。
あの伏し目がちな柱時計の
なにくわぬ刻みのなかにてである。
おかげで夜は澱んだ沼だ。

うずくまるだけが安息のような
シーラカンスのうたた寝だ。
眠りこければ時代も終わろう。
終わった時代に横たわって
醒めてもいたい眠りだろう。
とり残されてか
やりすごされてか
見るともない眼がただしばたいていて
しらじらと見られているのは私なのだ。
乳白色に闇をただよわせ
いっときに時が褪せていく。
なぜかそれだけが見えるのである。
蛹が見るあのうすぼけた世界のにじみである。
なんとまた私自身が殻の中だ。
あの暑い日射しの乱舞に孵ったのは
蝶だったのか。

蛾だったのか。
おぼえてもないほど季節をくらって
はじけた夏の私がないのだ。
きまってそこにいつもいないのだ。
光州はつつじと燃えて血の雄叫びである。
瞼の裏ですら痴呆ける時は白いのである。
三六年*を重ね合わせても
まだまだやりすごされる己れの時があるのである。
遠く私のすれちがった街でだけ
時はしんしんと火をかきたてて降っているのである。

*三六年＝「大日本帝国」が朝鮮を直接統治した植民地期間の年数。

骨

日が経つ。
日日にうすれて
日がくる。
明け方か
日暮れ
パタンと板が落ち
ロープがきしんで
五月が終わる。
過ぎ去るだけが歳月であるなら
君、
風だよ

風。
生きることまでが
吹かれているのだよ。
透ける日ざしの光のなかを。

日は経つ。
日日は遠のいて
その日はくる。
ふんづまりの肺気が
延びきった直腸を糞となってずり落ち
検察医はやおら絶命を告げる。
五つの青春が吊り下げられて
抗争は消える。
犯罪は残る。

揺れる。

揺れている。
ゆっくりきしんで揺れている。
奈落のくらがりをすり抜ける風に
茶褐色に腐《ふ》れていく肋が見えている。
あおずみむくんだ光州の青春が
鉄窓越しにそれを見ている。

誰かを知るか。
忘れるはずもないのに
覚えられないものの名だ。
日が経ち
日が行って
その日がきてもうすれたままで
揺れて過ごす人生ならば
君、
風だよ

風。
死ぬことまでも
運ばれているのだよ。
振り仰げない日ざしのなかを
そう、そうとも。
光州は　さんざめく
光の
闇だ。

噤《つぐ》む言葉——朴寛鉉《パク・クアンヒョン》*に

ときに　言葉は
口をつぐんで色をなすことがある。
表示が伝達を拒むためである。
拒絶の要求には言葉がないのだ。
ただ暗黙が差配し
対立が拮抗する。
言葉ははや奪われる事象からさえ遠のいていて
意味はすっかりかかえられた言葉から剥離する。
意識が眼を凝らしはじめるのは
ようやくこのときからだ。

生身を意志に代えた男が死んだ。
肉体でしかあがなえない
たったひとつの要求を生きたからだ。
死の他にはもはや失う何物もないものに
死は死を死たらしむる生きた証のすべてだったのだ。
制圧は平穏を意味しない。
暴虐は記憶まで砕ききれない。
光州は要求であり
拒絶であり
回生である。
ひとつに合わさった複合の意味を
いかな力がひしぐというのだろう。
断つほどに
あらわになってゆくのは新たな断面だ。
あるべき生をかかげて
男は壁の中の平穏を断った。

食を断ち
脅《おど》しを断ち
不実を断って
生命を断った。
萎えて死んだ死ではなく
飢えたあぎとへ圧制の腐肉をくれてやった死だ。
死にもまた死を拒む死が歴然とあるのだ。
この夜の深さは
恥なく死んだ若者の
無念な終息を引き取った黒い帳。
しずかに窓を開け放ち
夜へそっと唇を合わせる。
国がまるごとの闇にあっては
牢獄はにじむ光の箱だ。

＊朴寛鉉＝元全南大学生会長。光州「暴動」事件（一九八〇年五月）に関連したとして懲役五年の判決を受け、光州刑務所に収監されていたが、光州事件のもつ「義挙」の正当性と、軍による酸鼻をきわめた市民虐殺に抗議して四十日間にわたる死の断食抗争を決行。遂に一九八二年十月十一日の夜絶命。三十歳であった。

冥福を祈るな

非業の死がおおわれてだけあるのなら
大地はもはや祖国ではない。
茂みに迷彩服をひそませ
蛇の眼光をぎろつかせているのもまた
大地だからだ。
　抉られた喉は
その下の土くれのなかでひしゃがっている。

日が過ぎても花だけがあるのなら
悼みはもはや花でしかない。
くらがりに眼を据えて

風景ともない季節を見ているのも
まだ尽きない母の思いだからだ。
　季節の変わり目のその底で
蛆にたかられているのは裂かれた腹の嬰児の頭蓋だ。

平穏さが秩序であるのなら
秩序はもはや萎縮でしかない。
地ひびく無限軌道に目をそらし
見るともない町並に影を延ばしているのも
また変わらない日暮れのなかのしずけさだからだ。
　下りるとばりのその奥で
地を這っているのは押し込まれた呻きだ。

世に死は多く　生も多い。
ただ生かされてだけ　生であるなら
しいられた死もまた　生かされた生だ。

国軍によっても守られることなどない
見放された自由のなきがらなのだ。
　敵でなく、同胞であってはなおさらならない
　他人のはずの民衆でもなく、

五月を
トマトのように熟れ圧し潰された死よ。
撃ち抜かれた空よ
木木のそよぎよ。
眼をおおう死にも
光だけは透けていたのか
韓国の夏よ。
悪魔の申し子の
色めがねの息子よ。

奈落へ墜ちていった自由なら

深みは深みのままで悪寒をつのらせているがいい。
選んだ方途が維新のための暴圧であるなら
歴史は奈落へ棄てておいた方がいい。
片輪の祖国に鉄壁を張る
至上の国権が安保であるなら
萎える国土の砲塔の上で
将星は永劫輝いているがいい。

それでこそふさわしいのだ。
浮かばれぬ死は
ただようてこそおびえとなる。
落ちくぼんだ眼窩に巣食った恨み
冤鬼となって国をあふれよ。
記憶される記憶があるかぎり
ああ記憶があるかぎり
くつがえしようのない反証は深い記憶のなかのもの。

閉じる眼のない死者の死だ。
葬るな人よ、
冥福を祈るな。

日の底で

行き着けない町で
昼が止まる。
佇む一点にあえいで
このとき君は
日の底の影のない影である。
橋が見え
炒りつく川底がはぜる。
向こう岸を日傘が一つ浮いていって
角が切れないのか
トラックが一台、
身をもて余しぎみに橋のたもとをよじっている。

不思議とそれが音とはならない。
喧噪は日がな一日
表通りをいっときに駆けとおしているので
街じゅうが遠い海鳴りの底に閉じこもっているのである。
君は音のない音の渦をかき分けて
橋を渡る。
カンナがもたれあっている。
スチロールのトロ箱が魚を失くして久しいのである。
その以前にならやたらと生えそろい
まっ赤に噴き上げていた
あの、花というやつだ。
君は押し開くためにドアを引く。
不用意にもこそげられる脳漿である。
くらんだ光の瞳孔の奥で
ついばむ内職の婦《おんな》がいるのだ。
そこがどこかを問うこともあるまい。

影が濃く、ものの内側で深まっているところ、
貝がらにこもる
錆色の風、
君の知らない時とてなかった
日の底の
めくるめく
夏。

夏

声を立てず
立てるべき声を
底ぴからせている季節。

思うほどに眼がくらみ
しずかに瞑《つぶ》るしかない
奥底の季節。

誰であるかは口にもせず
ひそと胸にかい抱く
追慕の季節。

願うよりは願いを秘め
待って乾いた
旱《ひでり》の季節。

うすれて記憶が透かされているとき
汗みどろにむれてくる
戦火の季節。

夏は季節の皮切りだ。
いかな色合いも晒《さら》してしまう
はじけて白いハレーションの季節だ。

化石の夏

石とても思いのなかでは夢を見る。
事実ぼくの胸の奥には
はじけた夏のあのどよめきが
雲母のかけらのようにしこっている。
石となった意志の砕けた年月だ。
羊歯が陰刻を刻んだのは
石にかかえられた古生代のことだ
軍事境界とかのくびれた地層では
今もって羊歯が太古さながら絡んでいる。
見る夢までが　そこでは
化石のなかの昆虫のように眠っている。

その石にも渡る風は渡るのである。
そうしてある日　それこそ不意に
炭化した種が芽吹いたオオオニバスのそよぎとなって
積年の沈黙をひと雫の声に変える風ともなるのである。
かげる季節は　だからこそ
風のなかでだけにじんでゆくのだ。

もっとも遠くで立ちつくす一本の木に
一日は音もなく尾を引いて消えていった。
鳥が永遠の飛翔を化石に変えた日も
そのように暮れて包まれたのだ。
何万日もの陽の陰で
出会えない手があたら夕日を国訛りでかざし
口ごもる者の背後で
海は空とひっそり出会った。
もはや滅入の時をわれらは持たない。

一切の反目が火と燃えて
うすべに色にうすれる闇のしずもりをわれらが知らない。
くろぐろとあきらめは石に帰り
石にこそ願いは
ひとひらの花弁のように込もらねばならぬのだ。
思い至れば星とて石の仮象にすぎないもの。
火口湖のように降り立った空の深みへ
ひとりひそかに胸のきららを埋めに行く。

四月よ、遠い日よ。

ぼくの春はいつも赤く
花はその中で染まって咲く。

蝶のこない雌蕊《めしべ》に熊ん蜂が飛び
羽音をたてて四月が紅疫《こうえき》のように萌えている。
木の果てるのを待ちかねてもいるのか
鴉《からす》が一羽
ふた股の枝先で身じろぎもしない。

そこでそのまま
木の瘤《こぶ》ににでもなっただろう。

世紀はとうに移ったというのに
目をつぶらねば見えてもこない鳥が
記憶を今もってついばんで生きている。

永久に別の名に成り変わった君と
山手の追分を左右に吹かれていってから
四月は夜明けの烽火《のろし》となって噴き上がった。
踏みしだいたつつじの向こうで村が燃え
風にあおられて

軍警トラックの土煙りが舞っていた。
綾《あや》なす緑の栴檀《せんだん》の根方で
後ろ手の君が顔をひしゃげてくずおれていた日も
土埃《つちぼこり》は白っぽく杏の花あいで立っていた。

うっすら朝焼けに靄《もや》がたなびき
春はただ待つこともなく花を咲かせて

それでもそこに居つづけた人と木と、 一羽の鳥。
注ぐ日差しにも声をたてず
降りそぼる雨にしずくりながら
ひたすら待つことだけをそこにとどめた
木と命と葉あいの風と。

かすれていくのだ。
昔の愛が血をしたたらせた
あの辻、あの角、
あのくぼみ。
そこにいたはずのぼくはあり余るほど年を食《は》んで
れんぎょうも杏も同じく咲き乱れる日本で、
偏《かたよ》って生きて、
うららに日は照って、
四月はまたも視界を染めてめぐってゆく。

木よ、自身で揺れている音を聞き入っている木よ、
かくも春はこともなく
悔悟を散らして甦ってくるのだ。

＊筆者に「四月」は四・三事件の残酷な月であり、「八月」はぎらつく解放（終戦）の白昼夢の月である。

ここより遠く

窓

窓が白む。
同じ時をしばたいている眼が
高い窓を見やっている。
ひとすじ
ふたすじ
底冷えたぬくもりが糸を引き
私の目礼も
しずくに溶けて断面を流れる。
あたりを気づかい
今朝もそっと　灯が入る。
窓を少しく開けて空を見上げ

消えやらぬ星をいま一度ふり仰いで
ガスをひねる。
鉄窓からは星は見えない。
立ったまま　髪を束ねている人を
星は見ない。
それでも青い炎は
いちずに時をたぎらせて
しずかな眼差しに燃えている。
気配にも振り向かない横顔へ
私もそっと細目な空間を外へ広げる。
人生のつなぎには、交わさないあいさつだってあいさつであるのだ。
素知らぬ顔の
うす明りのなかを
明けるともない早い朝が　窓の明りにもやってしばたいている。
格子の中からも
その光はにじんで見えている。

明日

そこに居るな
それ以上は。
狎れて墜ちるのはそこのところだ。

ともかく発て。
帰る当てなどないところで立て。
それが蘇生だ。

それ以上もう
そこで待つな。
それが木だ。

人は同じだと言いつぐ人よ。
あざとい口の
それが穴だ。

それ以上、それ以上
言い足してはくれるな。
それが壁だ。

それでも同じだと
改めて言え。
それが花だ。

見えないものにも
胸はさわぐ。
そのようにも風は吹き過ぎている。

忘れたものの奥で
こぼれているのは朝のかけらである。
だからこそ悔いはいつだって新しいのである。

さりとて関わることもない。
もうそれ以上そこに居るな
それが明日《あす》だ。

化身

かりに蛹から抜けきれなかった蝶がいたとして
小枝でそのまま乾いているとしても
翅はしだいに半身《はんみ》のまま風となれ合っていき
あたりに飛翔を花粉のように引き散らしながら
葉うらのあわいでさらされているだろう

だから蝶のかけらは
もはや蝶であることを願おうとはしない
舞いも装いもすべては自ら手放してしまったものだ
揺れるがままにそこのところで在りつづけ
ただただ己れの入定《にゅうじょう》を見つづけようとする

威儀を正した標本の陳列からも
子どもがかざす補虫網の情緒からさえも
飛翔の化身はかたくなに口をつぐみ
ひたすら蝶でありえたことでのみ干からびていくのだ
音ひとつ　ふるわせない
脱殻《ぬけがら》のまま

染み

染みは
きざしの符丁だ
どこであろうと
にじんだが最後
明確な一点の意志となって座を占める

染みは
とりつくろわれることを好まない
それ自体の汚点のような処遇には
染みそのもののいわれが同調しないのだ

染みは痕跡の圧縮された信念である
しみこんだ表象にだけ執着し
物乞いの改善をあざ笑って生きる
強調はかくも物言わぬものでもあるのである

だからこそ染みは
馴れ合うことの始まりともなるのだ
思いの外ごく身近でとりすましていて
瞳孔の一点をやすやすとかすめとっている

競り上がる家並でなら
さしずめ鍾乳のしたたりともなっていよう
ときに逆さに隆起し
街なかの壊死には痛覚すらも届かせない

染みは

規範にとりついた
異端である
善と悪の区分けにも自身を語らず
抉れない悔いを
言葉の奥底に沈めている

ここより遠く

私が居ついたところは
遠い異国でも　近い本国でもない
声はこごもり　願いはそこらで散ってしまっているところ
よじっても視界は展かれず
くぐってもとうてい　地上とやらには下り立てないところ
それでいてなんとはなく　その日がすごせて
すごせりゃあそれが　暮らしなのだと
年をからげて一年がやってくるところ

そこではすべてが靡《なび》いて　さざめいており
沙汰止みのここには　吹いてきもしない

それでもなお揺れているのは私なのだから
風はもはや　思いの底のそよぎかも知れない
いわば私が　つきない希求のゆりかごなのだ
私が揺れて私が揺らして　育む私を私が待っている
そのようにも時節は　私に遠く
私にことさら　かけ離れて遠い当節でもない

もともと居ついたところが　はざまだったのだ
切り立つ崖と　奈落の裂け目
同じ地層が同じく抉れてそそり合い
断層をさらして　地裂を深める
それを国境いとも言い　障壁とも言い
目見えないために平穏な　壁ともいう
そこではまず　知っている言葉が通じず
触角のあの　気がかりな気配だけが目と耳なのである

私が居ついてしまったさきは
百年がそのまま　思い止んでいるところ
百年を生きても　思い浸《ひた》る日はまだ
昨日のままで暮れているところ
故国に遠く　異郷に遠く
さりとてさまでは離れてもない
立ち帰ってばかりの　いまいるところ
ここより遠く　よりこのここに近く

祝福

今年もまた賀状は書かずじまいだ
あらたまる間もなく年は来るので
あいさつはそのまま
国を離れた時のままであるからだ

いつしか言葉までが衣更えをしてしまった
基数詞でさえ行李の底で樟脳づけだし
あいさつ一つこちらではもはや装うことでしか交わせない
だから親しい友ほど言葉がないのだ

朽ち葉に憩う大地のように

うず堆《たか》い賀状の底で眠っているのは私の祝福だ
押しやられてひそんだ母語であり
置いてきた言葉へのひそかな私の回帰でもある
凍《い》てついた木肌の熱い息吹きは
とうていあぶく言葉では語れない

錆びる風景

どこをどう経巡《へめぐ》ったのか
残り少ない山柿の
朱い実の下に
さざえの殻が一つ
あお向いて落ちている
空のへりで凍えている
赤い叫びと
ささくれた空をただ見上げている
虚ろな叫びとが
開かない木戸の
錆びた蝶番《ちょうつがい》のかたえで

とどこおった時を耐えている
今に柿も落ちて
自らが時間の出口となっていくだろう
そこで涸《か》れているものは
そのままそこで涸らした時を壊しているだろう
時が流れるとは
自転にあやかっていたい者の錯覚だ
黙っているものの奥底で
本当はもっとも多くの時を時が沈めているのだ

いつもと同じいつもの位置で
日射しは斜《はす》に戸棚を侵し
暮らしは団居《まどい》の
なごやかさの中で
納戸《なんど》の中身を湿《しけ》らせているのである
ビルの乱反射や

生命保険の元帳よりも
時間はよりここで濃く
日々をくまどって押し黙っている

私の時間もたぶん
やりすごしたどこかの
物影で大口あけていたのだろう
そこにはまだ事物に慣れてない時間の
初々しい象《かたち》があったはずだ
今まさにつぐみが一羽
点と消え
今に垂直に
ついぞ誰ひとり聞くこともなかった
沈黙の固まりが突きささって墜ちる
錆びている私の
時間のなかを

あじさいの芽

つっかけ*工場の箱植えのあじさいが
赤黒い新芽をのぞかせて
夕闇にとがっている。
枯れた形で耐えるしかない
実《み》ひとつ成らない低木だ。
生きのびたあとの印のようにも
カプセル状にひっついた油虫の殻が
いくつかの茎で茶いろく破けている。
出歩けない男がこもるうす暗い工場には
とてつもないコウモリが梁の暗がりに住みついていて
出口が今に開《あ》くのを執念《しゅうね》く待っている。

男は男で夜陰に乗ずる己れの飛翔を想い描き
短くも長い銭湯までの道のりを推し量っている。
低賃金を承知のオーバーステイの身には
どうあれ同胞集落のただ中にいるのが慰めで
同じテープの民謡カセットを
ラジオのイヤホーンから手放さない。
枝を絡めてあじさいが茂みを成していたころ
箱の内でひそんで鳴いたコウロギの欠片《かけら》が
溶剤の匂う路地の夕闇に溶けこんでいく。
仕事も切れがちな工場のドアは早ばやと締まり
三日も書きだしのままの手紙の男が
冷えたホカホカ弁当のラップをはずす。
何ひとつ手懐《てな》ずける物をもたない異邦の男
乾いた蛍光灯の下で箸を運び
外はすっかり闇に沈んだ。
どうやら寒波が出戻ってくるらしいのだ。

しょうことなくか。
それでも芽をのぞかせている
箱土の紫陽花。

＊つっかけ＝履き物、ヘップサンダルの俗称。

帰郷

故里《ふるさと》が
帰り着くところであるためには
　もう一度ダムに沈む在所《ざいしょ》を持たねばならない。

残り雪の里山に
明け方また霜が張り
それでもふくらむ朝鮮つつじの
かすかなほころびに霊気がおとなう
ある春の日の
　誰よりも早い朝まで待たねばならない。

渓川のせせらぎや　色めく花々。
高架にもやるさ霧のたたよいでは
人はむしろ　はるばる戻ってゆくためにやってくる。
　このあり余る自然とやらが仇《あだ》なのだ。

とりわけれんげ草の盛りは侘びしいものだ。
ねぎを捥《も》いだ老婆がひとり
とっくに出払った村の畦道《あぜみち》を歩いている。
その孤独が孤絶でないためには
満々たる水底の
　楠《くす》の大木をひとりひとり秘めていねばならない。
故里が
帰り着く国にあるためには
遠く葬る故郷をもう一度持たねばならない。
またとは帰り着けない国であっても

行き着いてはいけるはずだと
ある春の日の
誰よりも早い蕾《つぼみ》のふくらみを
　そっと胸の内でほころびるまで待たねばならない。

祈り

それでも言祝《ことほ》がれる年はくるのか

まだ明けきらぬ夜。
うす闇を透かして　事物を見る。
くろぐろと科学の驕りにうずくまった街。
家並みのはずれでほの白く尽きている
先のない道。

木が立っている。
立つしかない木が射すくめられて
　ふるえているということは
故《ゆえ》知らぬ蟬を今に
毒気の茂みで鳴かすということだ。

犬っこ一匹居つかない街で
声をかぎりと虚しい叫びを上げるということだ。

けっして瓦礫ではない。
それは散らされた暮らしのかけらだ。
ねじれた窓枠に
こびりついた新聞紙。
逆さに埋もれて
もがれた人形。
割れ口につき刺さって吹く
欠けた瓶の
風の傷痕。

嘘はここで群れ合っている。
心情で睦んでいとおしんで
何から何を癒やしているのか。

壊れてついに静かになった物の上に
朝の光が骨も露な建屋《たてや》の屋根から射している。
それでも天外の火は年を待たず
囲んで沈めた水壁の底で
千年変わらぬ青い鬼火をゆらめかせている。

所詮は囲われた火だ。
隣り合っては点せない明かりだ。
置きっぱなしのちゃぶ台に
光が雨戸の節《ふし》を貫いて届いている。
このひとすじの朝を　信じる。

喝《かわ》く

見やる先で
日射しもぎろつく陽炎《かげろう》になり
かげろうになり、
影もちじんで
骨組みだけの庁舎の残骸で
かげろうになり
行き交った暮らし、人々の歌、
そこでさざめいた青い思想も
すっかり干からびた
太古の荒れ地のかげろうになり
われらの希《ねが》い、われらの明日、

人知れず流した瓦礫《がれき》の涙
くぐもった憤りも炎天でゆらめいて
かげろうになり、
夜空にいつか散り敷いた
思いのたけの時空の彩り
花火。
そう、そして月、
一つ一つ胸に宿った
小さい願いの星。
すべてが済んだ事のあとの
光の棘《とげ》に祟《たた》られてあるもの
昼夜緑の翅《はね》をひろげて
閃光にくらんだ底翳《そこひ》の夏をひずませているもの。
またもへめぐって夏が来て
めくるめく光の闇になり
見やる先の

闇になり。

スケッチ：姜《カン》順《ス》喜《ニ》

丁海玉編　詩選集『祈り』に寄せて

思わぬことが起きるものだ。自分も同じ兄弟のひとりだと、突然名乗りでられたような驚きに出くわしている。降って湧いたように、私《わたくし》の詩選集が一冊、増えたのだ。

伸びざかりだった青春の一時期、私は在日朝鮮人運動体の組織から批判を受けて、一〇年余りも逼塞させられた苦い経験をかかえもっている。その不毛の年月のせいで、詩集が編めたのも小詩集の『季期陰象』を含めて、九冊どまりである。それでも連作詩『猪飼野詩集』に見るように、四度も復刻を重ねた詩集があり、その他の詩集も何らかの形で復刻されてきている。つまり私の詩集は新旧ともども、それぞれすでに広く知られてしまっている詩集なのである。

私には実際の姪ごのような若い詩友の丁海玉であるが、そのことを承知でなお新たに『金時鐘詩選集』を編んだというのだから、よくよくの思い入れが私の詩にあってのことなのであろう。もう旅路の果てに至ってしまった私の人生なのだが、詩を書くことに関わってそのように生きるしかなかった私の思念の結晶を、海玉《ヘオギ》は多分手軽に広く読んでもらいたくて一冊の詩選集に編んだのだと思う。新旧の詩集から自分の好みで作品を選びだして、それをつき交ぜて一冊にしたところがこの突然の兄弟分の面立ちであり、編者の面目たりうるところである。しかも標題に『祈り』がかかげられているのも、私の心情の内奥に秘められているものを見て取ってくれているようで、しばし粛然とした私でもある。併せて、出版事情が殊の外厳しいさ中、この詩選集という突飛な提言を快く引き受けてくださっている港の人上野勇治社長の並はずれたご厚意に対して、威儀を正すほどの感銘をおぼえている。ふかぶかとお礼を言います。

私の処女詩集『地平線』からすると、二〇一〇年の『失くした季節』までには、ゆうに六〇年近い年月の隔たりがある。新旧つき交ぜた作品群に読者のとまどいは生じないだろうか。いささか気にもなり、また興味もそそる。

詩はつまるところ、物の見方、感じ取り方の表れである。何を基準に見て取り、感じ取っているかが当然問われてもくる。つまり共有しているつもりの世界観や芸術観に独自の考えを持ち込むことで、その詩人の資質が高められてゆく。私の詩に豊かな情感を期待する人は、失望するだろう。自然賛美も私の詩からは縁遠い。ワタクシ的な詩には陥らないと、心に決めてきたのが私の詩だからだ。

二〇一八年二月十二日

金時鐘

収録作品一覧

『地平線』ヂンダレ発行所　一九五五年十二月十日
自序
知識
真昼
夢みたいなこと
年の瀬
飢えた日の記
あなたはもうわたしを差配できない
—
『日本風土記』国文社　一九五七年十一月三十日
南京虫
除草
たしかにそういう目がある
—
『日本風土記Ⅱ』（未刊行）に収録予定作品　一九六〇年頃
しゃりっこ（『ヂンダレ』二十号　一九五八年十月）

種族検定（『カリオン』創刊号　一九五九年六月）
わが性わが命（『カリオン』二号　一九五九年十一月）
—
『新潟』構造社　一九七〇年八月一日
Ⅲ緯度が見える抄
—
『猪飼野詩集』東京新聞出版局　一九七八年十月二十五日
見えない町
うた　またひとつ
寒ぼら
日日の深みで（3）
影にかげる
—
『光州詩片』福武書店　一九八三年十一月二十日
褪せる時のなか
骨
窓
噤む言葉——朴寛鉉に

冥福を祈るな
―
『季期陰象』(『集成詩集　原野の詩』)立風書房　一九九一年十一月二十日
日の底で
明日
―
『化石の夏』海風社　一九九八年十月十八日初版　一九九九年九月十八日二刷
化身
染み
化石の夏
ここより遠く
祝福
―
『失くした季節』藤原書店　二〇一〇年二月二十八日
夏
錆びる風景
あじさいの芽
帰郷

四月よ、遠い日よ。

単行本未収録詩

それでも祝がれる年はくるのか（原題、改稿）
『しんぶん赤旗』二〇一二年一月一日
—
喝く『神戸新聞』二〇一五年八月二十二日

＊本書の収録に際し、『地平線』から『季期陰象』までの詩は、『集成詩集　原野の詩』を底本とした。それ以降の詩は、『化石の夏』二刷、『失くした季節』初版、単行本未収録詩は初出紙（誌）を、それぞれ底本とした。なお明らかな誤記は訂正した。

生涯をかけて紡いだ詩

丁海玉

金時鐘《キムシジョン》という詩人の存在を知ったのは、私が大阪文学学校に通い始めた一九九八年の頃だった。エッセイ『「在日」のはざまで』は読んでいたが、その著者が関西在住の詩人だとは知らなかった。

その翌年、大阪であった「言葉のある場所」というシンポジウムで金時鐘の詩の朗読を初めて聞いた時、熱いものが頬を伝ったことを覚えている。詩人の日本語に見えない鎖が何重にもかかっていた。

日本で生まれ育った私が本格的に韓国語を学んだのは、一九八〇年代初頭の大学留学時代、軍事政権の厳しい言論統制下の韓国だった。渡韓前、簡単な挨拶とハングル文字は習っていたものの、日本語訛りの韓国語を母国語だと受け入れるのはたやすいことではなかった。一方で植民地から解放され三十五年以上過ぎていた当時も日本語は人々の心に拒否反応が強く、自分を守るため日本語を憚り続けた。学業を終え借り物のような韓国語と一緒に日本に戻ったが、その後大阪の裁判所で法廷通訳を務めながら、ふたつの言葉にどう向き合えばよいのか考えの乱れる日々が続いていた。金時鐘の詩と出会ったのは、そんな頃だった。

活字で読むとどこか違和感がある。意味を確かめるためもう一度読み直す。わかるようでわからない。わからないがそのまま過ごせない。私にとってのその落ち着きのなさの原因は何なのか。初めて金時鐘の朗読を聞いて、詩人の日本語に絡んだ朝鮮語の存在がその原因なのかもしれないと思った。座席に深く座り、身じろぎせずふたつの言葉の息づかいに耳を澄ませた。

シンポジウムの後、金時鐘による金素雲《キムソウン》『朝鮮詩集』の再訳作業に関わってプライベートでも交わる機会を得た。ご夫婦の済州墓参に毎年声をかけていただき今日に至っている。済州国際空港近くの鬱蒼とした松林にひっそり佇むご両親の墓は、近年周辺の開発と松林の伐採などで光が届き始め、ふたつ並ぶ盛り土に生えた芝の成長も速くなった。

一方、私的に交わることで金時鐘の詩が読みにくくなる憂慮もあった。人間金時鐘が放つエネルギーは大きい。講演会やメディアでの姿は力に溢れ食事やお酒の席は楽しい。しかし根が単純な私は、詩人を個人的に知ることと詩の読者としての立ち位置に距離を置くよう気をつけた。自戒しながら詩を一篇ずつ読んできた。

忘れられない詩、胸に響く言葉がある。

繰り返しつぶやくフレーズがあり、心に染みた詩句がある。

今年八十九歳になる金時鐘は、二十六歳の時から日本語の詩を書き始め、以後多くの詩を書いてきた。金時鐘の詩の世界は広大だ。それらの作品の中からことに心打たれた詩を選び出し、まとめることによってまた新しい世界を立ち上げることはできないだろうか。選び出す試みを通じてより多くの読者に金時鐘の詩を届けられないだろうか。

ずっと前からそんな思いはあったが、金時鐘の詩集は九冊すべてがそれぞれ別のテーマをもっている。選集が今まで一冊も出ていないことも考えると、安易なことはできなかった。

けれどもここ数年で考えに変化があった。日々の暮らしの中で、今まで見たことのない風景に遭遇することが増えたからだと思う。

昨今の日本と朝鮮半島のニュースでは互いを非難する言葉の応酬が続いている。不安と不信の連鎖は途切れることがなく、行き着く先は出口の見えないトンネルの遥か先に思える。国家と国家の威信をかけたやりとりの中に個はどんどん埋もれていく。

一方で様々な国の言葉に出会うシーンも増えた。若い世代、新しいコミュニティ、そして行き交う「日本語」の多様化。それぞれの言葉が含み持つ各々の事情や歴史、背景について私たちはどれだけ想像力をふくらませることができるだろう。

朝鮮半島で生まれ植民地統治下で日本語を覚えた金時鐘の言葉はどうなのか。

金時鐘の話す日本語は、生まれもって日本語を母語とする人の自然な日本語ではなく、耳にすればすぐに外国から来た人だとわかる日本語だ。朝鮮語を母語とする人特有のアクセントが強く響く。

書かれた詩の言葉は、すらすら読める淀みのない日本語とは少し違って、引っかかりがあったりごつごつしている。しかし評論などの書き言葉や、講演などでの話し言葉はわかりやすく説得力がある。論理的な思考は日本語で行われており、そうして書かれた詩の言葉にも生命力が宿っている。

一方で金時鐘の話す朝鮮語は、母語の朝鮮語である。朝鮮語の母語話者と会話しても発音やアクセントに違和感がまったくない。読むことは堪能で詩の翻訳も行っている。しかし朝鮮語で書かれた詩は、日本語の詩を自ら翻訳したもの以外かつて読んだことがない。難解な書き言葉や、公の場での話し言葉を朝鮮語で求められた時は、事前の準備と心構えが必要な印象がある。

金時鐘のふたつの言葉には植民地統治という国家の力が働いた。この時代、金時鐘と近い世代で初等教育を朝鮮半島で受けた人々は皆似たような経験をしている。決して金時鐘だけの特異な経験ではない。しかし金時鐘はその時覚えた「日本語」で詩を書き続けてきた。その詩を、絡み合ったふたつの言葉で紡いだ詩という視点で読めないだろうか。

率直に考えをご本人にお伝えしたところ、幸いにもご了解の言葉をいただいた。

こうして一歩を踏み出すことができて感謝の思いは尽きない。

このたび詩選集を編むにあたって、詩の制作年月日や詩集の枠を一度はずし、それぞれ独立した一篇の詩として次の二点を念頭に読み直した。

金時鐘が植民地統治下に覚えた「日本語」を使い、この日本の地で詩を書き続けてきたことを縦の軸に定める。

次に詩や詩集が発表された当時の社会的出来事を横の軸に定める。

金時鐘は歴史的な出来事や社会的な活動から無関係でいることをその時々の状況が許さず、詩人本人もそこから目をそらそうとしなかった。詩人のこれまでの人生を、刊行された詩集を中心にたどってみたい。金時鐘関連の書籍は多数出版されており、また近年では韓国で様々な翻訳も進んでいる。理解を深めるためにも是非それらも手にとっていただければ幸いである。

＊

一九二九年、金時鐘は朝鮮の釜山《プサン》で生まれた。

父親のルーツは元山《ウォンサン》にあり、幼少期を母親の故郷済州島《チェジュド》で過ごしている。学齢期まで母語である朝鮮語に親しみ過ごした。母方の実家が済州島の旧家で、母親自身も料理旅館を営むなど生活に困っていた様子はそれほど窺えない。

世の中は日本の植民地統治下。小学課程の二年生いっぱいで朝鮮語の授業がなくなり、「学校内での国語常用（もちろん日本語のことです）は罰則付きの規則にまでなって」（『朝鮮と日本に生きる』）いく。その傍ら、ハングル文字を覚えかけていた朝鮮語はどうでもよくなったという。

子供の伸びる力は速い。一心に日本語を学び、日本の唱歌に親しみ、島崎藤村や北原白秋に心酔する一方で、親子の会話は次第に途絶えていく。日本語の読み書きは堪能だったが家族との会話で日本語を使おうとしなかった父親、そして片言の日本語しか話せない母親の目に、日本語ばかりを自慢げに使う一人息子はいかに映っていたのだろう。

一九四五年八月十五日、植民地からの解放。突然日本人ではなくなり、朝鮮人であることを突きつけられた十六歳の夏、朝鮮語の会話はできても読み書きがまったくできないことに初めて気づき、愕然としたという。ハングルの文字を一から覚え、混乱の続く済州島でかつての反動のように学生運動に身を投じていく。

一九四八年四月三日、南朝鮮だけの分断国家樹立に向けた単独選挙に反対し島民の武装蜂起が起きる。共産主義の台頭に反対する軍などの勢力による武力鎮圧の過程で、その後数年間にわたって三万人を超えるといわれる島民が犠牲になった。この四・三事件に金時鐘も関わり追われる身となる。

一九四九年、二十歳の時に密航船で日本へ脱出。すべての段取りをして息子を逃したのは両親だった。その両親とは二度と会えぬまま死別している。

渡日後、金時鐘は大阪にあったかつての朝鮮人部落、猪飼野《いかいの》にたどり着く。日本に来てからまもなく、金時鐘は日本共産党に入り朝鮮人の党員を指導する活動に身を投じた。

一九五〇年に朝鮮戦争勃発。その三年後に休戦協定が結ばれ朝鮮半島が南北に分断される。そのさなか金時鐘は朝鮮戦争と戦争協力に反対した大阪の吹田事件にも関わっている。

傍らで詩も書き始める。朝鮮戦争が始まってから間もなく、たまたま古本屋で小野十三郎の『詩論』に出会ったことが金時鐘にとって大きな転換点となった。

詩とはこういうものであり、美しいこととはこういうことである、といった私の思い込みを、根底からひっくり返してしまったものに『詩論』と小野十三郎は存在しました。(略)私と、私につながる父、母と、父、母に連なる同族をも損ねてきた「日本語」が、日本の詩人の言葉によって洗い直されたことは、なににもまして幸いなことでありました。私はそのことによって自己の内部に巣食っている「日本」との対峙を新たにすることができましたし、「日本語」に関わることの意味を、朝鮮人でありつづけること

のよすがに据えることもできました。

（『朝鮮と日本に生きる』）

一度身についた言語は、使わなくなったからといって洋服を脱いだり捨てたりするようにたやすく体から離れるものではない。目を反らし背を向けるのではなく、かつての宗主国である日本の地で、朝鮮人として日本語で詩を書くこと。それは金時鐘にとって対峙せざる得ない命題となり、自らの存在証明につながっていく。

金時鐘は「私の抱える私の日本語への、私の報復」という表現を使いながら、「言葉を広げるというより、自分を作り上げた言葉を、意識の澱《おり》のような日本語を、詩のフィルターで漉《こ》すことにやっきになって」（『わが生と詩』）きたと述べている。

『地平線』と『日本風土記』

この時期の日本は戦争終結後、復興への道のりが始まったばかりで政治的にも激動の時代だった。

未だ困難な状況が続く祖国へ複雑な思いを抱きながら、日本で先の見えない貧しさと飢えに戦う若い朝鮮人も多数おり、一九五三年、当時の政治活動の一環として金時鐘を中心に同人詩誌『ヂンダレ』が刊行された。

一九五五年、処女詩集『地平線』(ヂンダレ発行所)刊行。七百部ほど刷ったが一週間ほどで売り切れるほど反響は大きかったという。小野十三郎が序文を寄せている。苦難の中にも新しい道筋を模索するみずみずしさと、日本で生きる朝鮮人としての意識が詩集に込められている。

一九五七年、『日本風土記』(国文社)刊行。十一月刊行の直前、十月に父の訃報が済州から届いている。墓標のように立つ「父の墓前に捧ぐ」の一行から始まるこの詩集では、あとがきで「毛頭「朝鮮人」という特殊性を売物にする気持は持ち合わせてないから、望めることならこの詩集も日本の現代詩運動の線上で読んで頂ければと思う」と述べるなど、日本の現代詩への視線も感じられる。

どちらの詩集にも、同人詩誌『ヂンダレ』に載った一九五〇年代の詩が多く掲載されている。

こうした流れの中で大きな環境の変化があった。それは「日本共産党の指導を受けていた朝鮮人共産主義者は総連を介して朝鮮労働党の指導を受けるように」なったことだった(『「在日」と五〇年代文化運動』ヂンダレ研究会編　二〇一〇年)。

『ヂンダレ』が総連（正しくは在日本朝鮮人総連合会）の批判対象になっていくのは、『地平線』が世に出た頃からである。

組織が民族性を前面に出し、『ヂンダレ』に自国の言葉である朝鮮語で詩を書くよう求めたにもかかわらず、中心メンバーだった金時鐘は従ってはいない。『ヂンダレ』の同人は日本語でしか詩を書けない在日二世が多かった事情もあり、日本語で詩を書くことを自分の存在証明と定めた金時鐘にとってもそれは絶対に譲れない要求だった。

以後、金時鐘にとって長く苦しい時期が始まる。

北の体制と組織の画一性に異を唱えたため総連からは反組織分子、一方で韓国や民団（正式には在日本大韓民国居留民団）からは反韓分子としてマークされる日々。一切の表現活動が閉ざされたまま荒れた生活を送り、その期間は一九六〇年代のまる十年間に及んだという。

幻の詩集『日本風土記II』

一九六〇年頃、幻の詩集と呼ばれる『日本風土記II』の出版を総連からの抗議により直前に断念。

原稿は四散し目次の控えだけが残った。予定していた二十九篇のうち七篇は後日発行される『集成詩集　原野の詩』「拾遺集」に収められている。また、近年研究者らの手により二十篇までが探し出され、「自身の記憶をさかのぼるという太いラインが存在する」と評されるこの詩集の復元作業も進められた。

この数年後より大阪文学学校に詩のチューターとして関わり現在に至る。

『新潟』

一九七〇年、『新潟』（構造社）刊行。

苦悩の後、組織に伝えぬまま自主的に発表した、三部からなる三千行の長編詩である。

一九六〇年前後ほとばしるように一気に書き上げた原稿を十年間耐火金庫に入れて持ち歩いた逸話は、金時鐘を語る上で象徴的な出来事のひとつとして伝えられている。在日社会にあって組織活動が全盛期だった当時、総連との決別をも意味する『新潟』の発刊は相当な覚悟が必要だったと察せられる。

新潟は、朝鮮半島を南北に分断する北緯三十八度線が通る地であり、一九五九年から始まった北朝鮮への帰還事業の拠点になった地でもあった。

発表された当時、『新潟』は難解な詩集と評された。渡日後の吹田事件の経験、そして金時鐘がまだ堅く黙していた四・三事件の凄惨な記憶が、様々な場面で暗喩の表現を使い刷り込むように語られていたからだと思われる。

一方で朝鮮半島の南北、すなわち韓国と北朝鮮の境界線の上に立って日本に今居ることの意味も問いかけており、「在日を生きる」ことの覚悟を確かめた詩集ともいわれた。

『新潟』を発表した三年後に、金時鐘は解放教育運動の流れを受けて兵庫県立湊川高校で社会科の正規教員になっている。当初は荒れた教育現場だったが、約十五年間にわたり朝鮮人教員として朝鮮語を教え続けたことも現実的に在日を生きる大きな証となった。

このたび『新潟』から「Ⅲ緯度が見える」（抄録）を、ご本人にご了承いただき掲載した。

『猪飼野詩集』

一九七八年、『猪飼野詩集』（東京新聞出版局）刊行。

『猪飼野詩集』は季刊誌『三千里』に連載したものを中心にまとめられ、猪飼野の地で生活者として生きる在日の姿を描いた詩集である。在日を生まれながらの越境者としてとらえ、意思を持って生きることの意味を問い直している。猪飼野とは現在は行政上地図から消えてしまった集落の地名である。

詩集の冒頭に、猪飼野は「大正末期、百済川を改修して新平野川（運河）をつくったおり、この工事のため集められた朝鮮人がそのまま居ついてできた町」だとある。

済州出身者が七、八割を占めたともいわれる猪飼野は、当時行き場のない朝鮮人が集まる寄り場のようなところだったという。金時鐘も渡日後すぐにこの地に流れ着き、稼ぎを得たり組織活動や詩作をしながら日本に生活の場を築いていった。

金時鐘はある討論会で、猪飼野は抜け出したい場所であるが、出ようと試みてもほとんどの人が戻ってくる場所、猪飼野にある運河は海を知らない河で、出て行く先を、出て行く海を知らない、と述べている（「素顔の金時鐘―在日五十五年」『イリプス』十五号　二〇〇五年）。傍らでは同胞間の思想的な葛藤が続き、親族縁者や隣近所で北の総連系と南の民団系に分かれ対立することも少なくなかった。朝鮮戦争の後、厳しい南北分断の現実のもと同じ民族が深い溝に喘ぐ生々しい日常がそこにはあった。

差別と貧困、そして分断の問題が猪飼野をはじめとする在日社会に色濃く残っていた時代に、「在日を生きる」ことを覚悟し書かれたこの詩集は、しかしどこか突き抜けて力強い。

『光州詩片』

一九八〇年、韓国全羅南道で光州事件発生（韓国では五・一八光州民主化運動と呼ぶ）。

一九八三年、『光州詩片』（福武書店）刊行。

光州事件とは、光州市で起きた大規模な反政府運動に対して、軍隊の武力鎮圧により市民学生問わず多数の死傷者を出した惨劇である。その前年、十八年にわたる軍事政権が朴正熙《パクチョンヒ》大統領の暗殺により幕を下ろしていたが、半年後に軍人だった全斗煥《チョンドゥファン》によって非常戒厳令が出され光州での流血事態につながった。全斗煥はその後大統領に就き、韓国はソウルの春と呼ばれたひとときから時を置かず軍事政権に戻っている。

金時鐘が『光州詩片』を出したのはその三年後である。

詩集の表紙を開くと、最初に「私は忘れない。／世界が忘れても／この私からはわすれさせない。」の一文が目に飛び込む。

なぜ日本に居る金時鐘が、そこまで光州の痛みに身悶えし詩集まで出したのか。この点については、金時鐘が済州島で国民学校卒業後光州に移り、そこで師範学校の尋常科四年生まで通った経験を覚えておきたい。

八月十五日を帰省中の済州で迎えた後光州へ一旦戻り、そこで崔賢《チェヒョン》という

「自分の在所探し運動《チャギコジャンチャッキウンドン》」の指導者に出会っている。彼について、金時鐘は自分の後々の思想形成に影響を与えた人物であるとし、この時期に金時鐘は朝鮮人の自覚に目覚め、ハングル文字を一から習得した。

韓国の済州市であったシンポジウムで金時鐘は「私にとって済州《チェジュ》は母なる地であり、光州《クァンジュ》は思春期の地」と語ったことがある（「済州四・三、新しい地平の文学的模索—在日詩人金時鐘の詩集『新潟』の研究から」二〇一四年）。「崔先生に連れられて行った光州の外れの、無等山麓に散らばっている農家の暮らしが余りにもすさまじいものでした」（『朝鮮と日本に生きる』）とあるように、比較的恵まれた生活を済州島で送っていた金時鐘にとって、光州の貧しい農民の記憶は解放前後、思春期の時期と相まって、それまでの物の見方や価値観を覆すほど強烈だったに違いない。

そのように思い出深い地で起きた惨劇に対し、金時鐘は言葉では言い尽くせない怒りを詩集に込めた。日本で眺めることしかできない不在感や深い無力感に苛まれ、拳を堅く握って立ちつくす詩人の姿が見えてくる。

『季期陰象』

一九八六年、『「在日」のはざまで』を刊行。第四十回毎日出版文化賞受賞。

一九九一年、『集成詩集　原野の詩《うた》』（立風書房）刊行。この冒頭に『季期陰象』が収められている。この詩集のみで独立して刊行されていないが、金時鐘にとって大切な詩集である。

『季期陰象』では自然を題材にしつつ自然賛美的でない詩をまとめている。これは金時鐘にとって、内に居座る美しい日本語の韻律への問い直しという試みでもあった。

一九九二年、『集成詩集　原野の詩』が第二十五回小熊秀雄特別賞を受賞。

『化石の夏』

一九九八年、『化石の夏』（海風社）刊行。

『光州詩片』から十五年ぶりに出た詩集である。その間ベルリンの壁崩壊、ソ連東欧国の社会主義体制崩壊、米ソ冷戦の終結宣言など、世界の政治情勢は大きく変化した。

金時鐘はこの詩集のあとがきに次のように記している。

――

日本語で詩を書くことの無力感から私はまだ脱けきらない。詩が顧みられない最たる国に日本があるということにもよるが、この十年、社会主義圏の崩壊もまた私の生き方を揺るがして詩を書く気力を減退させた。すべてを見直し、整理していかねばならない必要にずっと迫られている。

（『化石の夏』（二刷）あとがき）

金時鐘をとりまく状況にも大きな変化があり、この年六十九歳になる金時鐘は四十九年ぶりに臨時パスポートで済州島の地を訪れ両親の墓参りをした（その後韓国籍取得）。

前作までの激しさや熱さよりは、詩集全体から静かに重く一点を見つめる金時鐘の姿が浮かび上がる。体の内に居続ける日本語は、故郷を訪れ一気に溢れる母語の朝鮮語と再びよじれ合う。

自分の居場所はどこにあるのか。

『化石の夏』というタイトルも読み手に重く迫ってくる。

二〇〇〇年四月、金時鐘は東京で行われた済州島四・三事件五十二周年記念講演会で講壇に立ち、初めて四・三事件について重い口を開いた。その詳細「記憶せよ、和合せよ」は『図書新聞』（二四八七号　二〇〇〇年五月）の紙面をびっしり埋め尽くすように掲載され、四・三事件の存在を日本の読者に強烈に印象づけた。

金時鐘は一九四八年五月に起きた次の郵便局事件について、自身が関わった悲惨な記憶として次のように詳しく述べている。

その郵便物を燃やすという直接行動の任務を、ぼくは最初に受けたのです。（略）ぼくと入れ違いに、火炎瓶を投げる役目の仲間が切手を買うと言って入っていきます。そして窓口の脇に置いたままの火焰瓶をぶつければいいんですが、ちょうど窓口の奥に彼の従兄弟がおったんです。彼は火焰瓶を持ち上げたまま、わけもわからず絶叫したもんですから、警備員がカービン銃を発射しました。（略）よく打ち合わせてはいたんですが、人間、恐怖に陥るとわからなくなるんです。（略）それこそ、人間の目があれほど大きく見開くものだろうか。まざまざと、あのこぶしほどの真っ白い目が、ぼくの脳裏に焼き付きました。瞬時にして、頭を外からも中からも撃たれましたから、脳味噌がガラス張りのドアに散りました。人間の脳味噌というのは大きいんです。豆腐を握りつぶしたようなものが滴って、そして彼は、そのドアにしがみついたまま絶命しました。

（『なぜ書きつづけてきたか、なぜ沈黙してきたか』）

金時鐘はこうして『化石の夏』以後の七十代を忙しく過ごした。

四・三事件の記憶を語り始めたことをきっかけにメディアの取材や講演などが

続き、講演・対談集や詩集選などの著作物も続けて刊行された。その後も四・三事件に関して、まるで自身の務めのように様々な形で海を跨ぎ発信し続けている。

この時期、金時鐘は朝鮮詩の翻訳にも取り組んでいる。

韓国の国民的詩人といわれる尹東柱《ユンドンジュ》の詩集『空と風と星と詩』の翻訳（もず工房 二〇〇四年）、そして金素雲《キムソウン》がかつて編纂した詩集『朝鮮詩集』を再訳した『再訳朝鮮詩集』がそれにあたる。

金素雲の『朝鮮詩集』は、植民地統治下に出版された『乳色の雲』が初版本である。約四十人ほどの朝鮮の詩のアンソロジーで、朝鮮現代詩初の邦訳詩集といわれている。島崎藤村と佐藤春夫らに名訳と絶賛された詩集で、金時鐘もこの詩集に心酔したという。

その訳が、朝鮮語の原文を優先するよりは日本風の五七調に合わせた滑らかな日本語だったのに対し、金時鐘は六年にわたる再訳の作業を通じて（『纜』もず工房 二〇〇一～二〇〇七年）朝鮮語の原文に沿った忠実な翻訳を試み努めた。

この間、私も資料の整理などを通じ金時鐘の翻訳を間近でみることができた。どこか彫刻刀で一心に朝鮮語と日本語を削るような印象がずっとあり、その作業はまるで金時鐘自身に刃を向けているようにも感じられた。

少年の頃に『朝鮮詩集』を読み、「日本の近代抒情詩と同じ語幹と波長があるのを見とどけ、誇りのように感動したりもした」（『「在日」のはざまで』）という金時鐘が自ら行う『朝鮮詩集』の再訳作業。それは、伝統的な日本語の美しい韻律に抗い、植民地統治下から体に居座る日本語と対峙することに他ならない。『再訳朝鮮詩集』発刊後、金時鐘は「六十年越しだった宿題が片付いた」と述べている（『毎日新聞』二〇〇七年十一月十二日）。

『失くした季節』

二〇一〇年、『失くした季節』（藤原書店）刊行。

副題に「金時鐘四時詩集」とあるこの詩集は、四つの季節をうたった詩集だ。なぜ四季詩集ではなく四時詩集なのか。金時鐘にとって、「四つの季節」は「四つの時」の記憶なのかもしれない。詩集は一般的に馴染んだ春夏秋冬の順で頁が進まない。金時鐘にとっての一年は、楔を打ち込むように夏に始まり春に終わるのだ。

夏の季節。十六歳になった少年は、戦争が終わった八月の夏にいったい何から解放されたのか。問いかけは尚も続いている。

そして春の季節。この詩集では四・三事件の記憶がかつてなくストレートに描かれている。金時鐘にとって四・三事件は、日を追うごとに、年を重ねるごとに鮮明に迫ってくる記憶に違いない。

四季をテーマにした詩集は『季期陰象』を編んだ頃から温めてきたモチーフである。前述した『再訳朝鮮詩集』からもつながっていると思うが、抒情的な韻律に抗いながら四季の自然や風景を描くことは、内に潜む情感豊かな日本語との対峙でもあろう。

いわば「自然」は、自己の心情が投影されたものなのだ。「抒情」という詩の律動《リズム》もそこで流露する情感を指していわれるのが普通で、抒情と情感の間にはいささかのへだたりもない。情感イコール抒情なのである。

この詩集も春夏秋冬の四時《しじ》を題材にしているので、当然「自然」が主題を成しているようなものではあるが、少なくとも自然に心情の機微を託すような、純情な私はとうにそこからおさらばしている。つもりの私である。植民地少年の私を熱烈な皇国少年に作り上げたかつての日本語と、その日本語が醸していた韻律の抒情とは生あるかぎり向き合わねばならない、私の意識の業のようなものである。日本的抒情感からよく私は脱しえたか、どうか。

(『失くした季節』あとがき)

『失くした季節』は第四十一回高見順賞を受賞するが、奇しくも贈呈式は東日本大震災当日、二〇一一年三月十一日であった。地震発生時、金時鐘は贈呈式に出席するため大阪から上京する新幹線の中におり、状況がわからぬまま約五時間足止めされた。混乱の中、なんとか東京駅に降り立ち徒歩で授賞式会場にたどりついた夜半、待っていた人たちから熱い拍手で迎えられている。

今回、『失くした季節』以後、特に震災以降に発表した二篇の詩を掲載した。すっかり白髪になった詩人は今も尚、「日本語」の「詩」を一字ずつ、ペンで原稿用紙に彫るように書いている。

＊

金時鐘の詩を選集にまとめるにあたって、多くの方々との交わりがあり示唆があった。このことを胸に刻み、深く感謝申し上げたい。

本文中に、若き日に夫人の姜順喜《カンスニ》さんが夫をスケッチした絵を収めた（月刊文芸誌『文学学校』八・九月号　一九七九年）。ご夫婦の家の玄関に長い年月掛けられてきた大切な作品でもある。また、カバーの絵は姜順喜さんの姪御さんで済州在住の画家である朴蓮蕙《パクヨニ》さんにお願いした。この詩集のために作品を描いてくださり詩集の顔が定まった。お二人に厚く御礼申し上げたい。また、私の不明なことにいつも真摯にお答えくださった浅見洋子さんにも心から感謝している。そして詩集の発行と編集に惜しみなく力を注ぎ、励まし続けてくださった港の人の上野勇治さんに、重ねて厚く御礼申し上げたい。


最後に、金時鐘の詩によく現れる小さな生き物について述べたいと思う。

この詩集の中にも何度も登場しているが、犬や、蝶、蛾、蟬、みみずなどの虫たちは、いつも独特な存在感を放っている。書かれた時期や詩集に関係なく、彼らは気付けばそこにいて自在に動く。小さな生き物の描写についても様々なアプローチがあり得ると思うが、彼らをみつめる詩人のまなざしは、やはり自己の心を冷徹にそして豊かに映していると私には思われる。

彼らは、歴史や社会の狭間に身を置き、孤独と痛みに喘いできた詩人のもうひとつの姿でもある。

「詩を書かなくても存在そのものが詩である人はいっぱいいる」

「人はめいめいが自分の詩を生きている」

と、金時鐘は常々述べている。

やり場のない思いを抱え、砂のような足もとに身体を支えながら一心に小さな命を見つめて詩を生む人は何処にいるのか。それは誰なのか。私には、生を営み消えていった名も無き世代の人たちの、そして現在居る私たちの、もうひとつの姿に思えてならない。

この詩集を編む過程で、私は一篇の詩から、そして、詩と詩のつながりから、時空を越えた金時鐘の祈りをたどった。それは、読み手である自分はどうあるべきかが問われることでもあった。精神といかに向き合い、魂をいかに紡いでいけばよいのか。答えは決してたやすくない。

金時鐘の生涯をかけた祈りとは何なのか。今、この混沌とした時代に生きる者としてその声をひろい、一筋の光につなげたいと願っている。

二〇一八年二月二日

参考文献

『「在日」のはざまで』立風書房　一九八六年／復刻版　平凡社　二〇〇一年
『集成詩集　原野の詩』立風書房　一九九一年
『なぜ書きつづけてきたか、なぜ沈黙してきたか』金石範共著　平凡社　二〇〇一年
『わが生と詩』岩波書店　二〇〇四年
『金時鐘詩集選　境界の詩　猪飼野詩集／光州詩片』藤原書店　二〇〇五年
『再訳朝鮮詩集』岩波書店　二〇〇七年
『猪飼野詩集』岩波書店　二〇一三年
『朝鮮と日本に生きる』岩波書店　二〇一五年

金時鐘　キム・シジョン

一九二九年日本統治下の朝鮮・釜山生まれ。詩人。一九四九年二十歳の時、済州島四・三事件に関わり日本へ。二十六歳から日本語で詩作をはじめる。詩集や随筆、評論、翻訳など著作は数多くある。『「在日」のはざまで』で毎日出版文化賞（一九八六）、『集成詩集　原野の詩』で小熊秀雄特別賞（一九九二）、『失くした季節』（藤原書店）で高見順賞（二〇一一）、『朝鮮と日本に生きる』（岩波書店）で大佛次郎賞（二〇一五）をそれぞれ受賞。現在、『金時鐘コレクション』（全十二巻、藤原書店）刊行中。

丁海玉　チョン・ヘオク

一九六〇年神奈川県川崎市生まれ。詩人。一九八四年ソウル大学校人文大学国史学科卒業。一九九二年大阪高等裁判所通訳人候補者名簿に登録。韓国語の法廷通訳を務め、現在に至る。著書に『こくごのきまり』（土曜美術社出版販売、二〇一〇）、『法廷通訳人　裁判所で日本語と韓国語のあいだを行き来する』（港の人、二〇一五）など。詩誌『space』同人。

祈《いの》り　金《キム》時《シ》鐘《ジョン》詩《し》選《せん》集《しゅう》

二〇一八年三月二十六日初版発行

著者　金《キム》時《シ》鐘《ジョン》
編集　丁《チョン》海《ヘ》玉《オク》
カバー装画　朴《パク》蓮《ヨ》藼《ニ》
本文スケッチ　姜《カン》順《ス》喜《ニ》
装幀　佐野裕哉
発行者　上野勇治
発行　港の人
神奈川県鎌倉市由比ガ浜三―一一―四九　〒二四八―〇〇一四
電話：〇四六七―六〇―一三七四
ファックス：〇四六七―六〇―一三七五
印刷製本　創栄図書印刷

ISBN978-4-89629-345-6